# Richard Greeff

# Über das Auge der Alciopiden: ein Beitrag Kenntniss des Baues der Retina

Antigonos

**Richard Greeff**

# Über das Auge der Alciopiden: ein Beitrag Kenntniss des Baues der Retina

Unveränderter Nachdruck der Originalausgabe von 1876.

1. Auflage 2024   |   ISBN: 978-3-38634-831-7

Antigonos Verlag ist ein Imprint der Outlook Verlagsgesellschaft mbH.

Verlag: Outlook Verlag GmbH, Zeilweg 44, 60439 Frankfurt, Deutschland, info@outlook-verlag.de
Vertretungsberechtigt: E. Roepke, Zeilweg 44, 60439 Frankfurt, Deutschland
Druck: Libri Plureos GmbH, Friedensallee 273, 22763 Hamburg, Deutschland

# ÜBER DAS
# AUGE DER ALCIOPIDEN.

## EIN BEITRAG

### ZUR

## KENNTNISS DES BAUES DER RETINA

VON

# RICHARD GREEFF,

DR. MED. ET PHIL. O. Ö. PROFESSOR DER ZOOLOGIE UND VERGLEICHENDEN
ANATOMIE IN MARBURG.

MIT 2 TAFELN IN FARBENDRUCK.

MARBURG.

N. G. ELWERT'SCHE VERLAGSBUCHHANDLUNG.

1876.

Trotzdem in den letzten Decennien unsere Kenntniss vom feineren Bau der Netzhaut beträchtlich erweitert und über eine verhältnissmässig grosse Zahl verschiedener Thierklassen ausgedehnt worden ist, so sind wir doch bekanntlich noch weit enfernt von einer genauen Einsicht in den Zusammhang und die Bedeutung der die Netzhaut bildenden Elemente. In dem Alciopiden-Auge bietet sich ein Object, das, wie mir scheint, im Stande ist uns wenigstens für diese Thiergruppe der Lösung jenes Problems näher zu bringen und zwar in einer so einfachen Weise, dass man vielleicht hoffen darf, es werde sich auch für andere Thiere wie z. B. zunächst für die Cephalopoden und Hetropoden unter den Mollusken und für die Arthropoden eine ähnliche Lösung finden lassen.

Die Alciopiden sind polychaete den Phyllodocen nahestehende Anneliden, die ausschliesslich pelagisch d. h. an der Oberfläche des Meeres leben*) und sich namentlich durch die

---

*) Alciopiden sind bisher gefunden worden im atlantischen Ocean an verschiedenen Stellen zwischen dem 28 Grad nördlicher und dem 40. Grad südlicher Breite und zwar theils in der Nähe der Küsten (canarischen Inseln und St. Helena) theils auf offenem Meer, ferner im Mittelmeer an der Küste von Sicilien, im Golf von Neapel und bei Nizza, endlich im chinesischen Meer und in der Südsee. Der Nordsee und überhaupt den nördlichen Meeren scheinen sie vollständig zu fehlen. Man kann nach den bisherigen Erfahrungen wohl annehmen, dass die Alciopiden den wärmeren Meeren beider Erdhälften angehören und dass sie wahrscheinlich je näher dem Aequator einen um so grösseren Formenreichthum entwickeln werden.

ungewöhnliche Grösse und hohe Ausbildung ihrer Augen auszeichnen. Ihr Körper ist mehr oder minder lang gestreckt und vollkommen glashell, so dass der mit seinen langen glänzenden Borstenbündeln und den breiten Blattcirren seiner Ruder lebhaft im Wasser umherschwimmende und glitzernde Wurm oft nur an den wenigen aber intensiven Färbungen zu erkennen ist, an den seitlichen Längsreihen dunkelbrauner Punkte (Segmentaldrüsen) und den beiden mächtigen rothen Augen, die beiderseits am Kopfe nach aussen vorspringen und dem Letzteren im Verhältniss zum übrigen Körper eine ungewöhnliche Breite verleihen. In der Grösse und Organisation ihrer Augen stehen die Alciopiden unter ihren näheren und weiteren systematischen Verwandten durchaus isolirt da. Wir finden weder bei einer andern Annelide*), noch bei einem zu einer andern Wurmklasse gehörigen Thiere ähnlich entwickelte Sehorgane. Auch unter den Arthropoden ist kein einziger Vertreter bekannt, der sich in dieser Beziehung mit den Alciopiden messen könnte. Aber das Auge der Letzteren schliesst sich an dasjenige der ihnen sonst fern stehenden Cephalopoden und Heteropoden unter den Mollusken und mit diesen im Allgemeinen an das der Wirbelthiere an.

Die ersten auf sorgfältige Beobachtung gegründeten Mittheilungen über den Bau des Auges von Alciope verdanken wir Krohn**). Er beschreibt die äussere Form und Stellung der Augen, ihre Umhüllungen und lichtbrechenden Medien und erkannte bereits eine besondere Eigenthümlichkeit der Retina die »eine Menge dicht an einander gedrängter Fasern gleichsam ein Mosaik von Stiftchen dem Glaskörper zukehrt und die in ihrer Mitte eine rothgelbe Pigmentschicht trägt.«

---

*) Die einzige Annelide, die vielleicht hierbei in Betracht gezogen werden könnte, ist die nach der Beschreibung ebenfalls durch grosse Augen sich auszeichnende Joïda macrophthalma Johnston (Annals and Mag. of nat. hist. IV. 1840 S. 224 und Archiv f. Naturg. 1841 Bd. 2 S. 283). Es liegt indessen bis jetzt ausser der kurzen Diagnose des Wurms keine weitere Untersuchung desselben vor.

**) Arch. f. Naturg. 1845 Bd. IX. S. 179.

5

Später wurde das Alciopiden-Auge von Quatrefages*) an der von ihm Torrea vitrea (Asterope candida Clap.) genannten Annelide untersucht, ferner von Leydig**) an Weingeist-Exemplaren von Alciope Reynaudii (?) und von A. Costa***) an einigen Alciopiden des Golfs von Neapel.

Neuerdings hat Claparède die Alciopiden des Golfs von Neapel einer eingehenden Bearbeitung unterworfen†). Bezüglich der Augen bestätigt und erweitert er die Beobachtungen Krohn's über Lage und Zusammensetzung der Retina und macht namentlich ausführlichere Mittheilungen über die Form-Verhältnisse der Retina-Stäbchen, die er als aus drei Stücken, einer mittleren grösseren Diaphyse und zwei kleineren Epiphysen bestehend, beschreibt. Er fand ausserdem die Substanz der Stäbchen aus einer Rinden- und Achsen-Schicht zusammengesetzt und glaubt, dass die nach Behandlung mit Reagentien auftretende Querstreifung das Produkt einer Zersetzung der Nervensubstanz sei.

In seinem Artikel »die Retina« des Stricker'schen Handbuchs der Lehre von den Geweben ††), theilt auch M. Schultze einige Beobachtungen über das Alciopiden-Auge und speziell über die Retina-Stäbchen mit. Er bezeichnet dieselben, soweit seine »in conservirenden Flüssigkeiten aufbewahrten aus Neapel

---

*) Annales des sc. nat. 3. Serie T. XIII. 1850 p. 34 pl. 2. Ferner in Quatrefages: Hist. nat. des annelés T I. p. 91 pl. 4 Fig. 6 u. 7.

**) Lehrbuch d. Histol. d. Menschen und der Thiere. S. 259 Fig. 136.

***) Annuario d. mus. zool. d. reale università di Napoli Anno I. 1862 p. 155 Anno II. 1864 p. 165 T. IV. Fig. 1—8 und Anno IV. 1867 p. 55.

†) Les Annelides chétopodes du Golfe de Naples. Suppl. p. 103. pl. X.

Ferner: Claparède und Panceri, Nota sopra un Alciopide parassito della Cydippe densa (abgedruckt in Clap., Annelid. chét. etc. I. Part p. 563), ein sehr werthvoller Beitrag zur Naturgeschichte der Alciopiden, namentlich auch zur Kenntniss ihrer Augen.

††) Bd. II. S. 1012.

erhaltenen Präparate erkennen lassen als »stark lichtbrechende, fein quergestreifte und leicht in die Quere abbrechende Pallisaden zum Theil röhrenförmig und nach vorne mit Pigment verstopft«. »In welcher Weise«, fährt er fort, »die Nervenfibrillen in dieser pigmentirten Stäbchenschicht ihr Ende finden, bleibt weiteren Untersuchungen vorbehalten«.

Die Augen der Alciopiden sitzen beiderseits am Kopfe durch ihre Grösse über die schmaleren ersten Körpersegmente kugelig vorspringend). Sie sind oft so nahe zusammengerückt, dass der ganze Kopf, namentlich da wo sich die Kopflappen nicht nach vorne über sie erheben, ganz allein aus ihnen gebildet zu sein scheint. Stets aber liegen sie dem oberen Schlundganglion resp. Gehirn direkt an. Jedes Auge besteht aus einem in seinem grösseren hinteren Abschnitt sphärischen nach aussen aber mehr oder minder abgeflachten und hier mit einem hervorgewölbten Cornealsegment versehenen Bulbus. Obgleich die Augen, wie bemerkt, vollkommen die beiden Seiten des Kopfes einnehmen, so sind ihre Sehachsen doch, wie die Lage der in das hervorgewölbte Cornealsegment eintretenden Linse bekundet, in den meisten Fällen stark nach vorne und zugleicherzeit etwas nach unten gerichtet.

Die Wandungen des Augapfels werden von drei verschiedenen Häuten gebildet, nämlich von der äusseren Körperhaut (Tafel I. Fig 1a), einer darauf nach innen folgenden, der Sclerotica und Cornea entsprechenden Haut (Fig. 1. b) und der sehr breiten Retina (Fig. 1. e, f, g etc.). Der Innenraum wird von dem Glaskörper und der in seiner vorderen Vertiefung ruhenden und an die hintere Fläche des Cornealsegmentes ohne Zwischenraum sich anlegenden vollkommen sphärischen Linse (Fig. 1. c) ausgefüllt.

Die äussere Körperhaut geht direkt und anscheinend unverändert vom Kopfe auf den Augapfel über (Fig. 1. a u. Fig. 2. h). Dieselbe besteht aus einer äusseren structurlosen Cuticula und einer darunter liegenden epithelialen Zellschicht und ist wie die Haut der Alciopiden im Allgemeinen vollkommen glashell und durchsichtig. Bei den meisten, wahrscheinlich bei allen Alciopiden ist die hintere und untere Fläche dieser äusseren Haut des Bulbus mit feinen und kurzen aber lebhaft schwingenden Wimperhaaren besetzt. Diese Wimperung setzt sich bei Manchen auch noch auf die Kopflappen und die Basalglieder der ersten Fühlercirren fort.

Auf diese erste Hülle des Augapfels folgt nach innen e i n e z w e i t e   v i e l  f e i n e r e  H a u t (Fig. 1. b Fig. 2 g.). Sie kommt von der Oberfläche des Gehirns, das sie umhüllt und setzt sich, da das Auge, wie oben erwähnt, dem Gehirn unmittelbar anliegt, direkt auf den Bulbus fort, denselben allseitig, mit Ausnahme der Eintrittsstelle des Sehnerven, umhüllend. An dem äusseren und vorderen der Cornea entsprechenden Abschnitt verdickt sich diese Haut und lässt auch hier Züge von langgestreckten aneinander stossenden Kernen in ihrem Innern erkennen. Auch diese Haut ist wie die erste vollkommen durchsichtig und pigmentlos.

Keine dieser beiden Augenhäute kann man als vollständig homolog der Cornea und Sclerotica der höheren Thiere ansehen, indessen entspricht ihnen wohl am ehesten, namentlich auch rücksichtlich der Lage, die zweite Augenhaut. Beide Augenhäute zusammen aber kann man als analog den aus verschiedenen Schichten zusammengesetzten Cornea und Sclerotica ansehen.

Die dritte und innerste Augenhaut ist die R e t i n a. (Fig. 1. e f g h. Fig. 2. 3 7 etc.). Sie bildet eine Lage von ansehnlicher Breite besonders in dem hinteren und innern Abschnitt des Auges. Nach vorne und aussen wird sie allmählich dünner, lässt sich aber bis in die Nähe der Iris verfolgen (Tafel II Fig. 8). Andrerseits bemerkt man auch bei einigen Alciopiden im hinteren und inneren Abschnitt an der sich hügelartig eindrängenden Sehnerven-Ausbreitung eine Verdünnung der Retina (Fig. 1. c).

An günstigen Sagittalschnitten durch das ganze Auge oder wo sich dieses direkt ausführen lässt an Durchschnitten senkrecht auf die Oberfläche der Retina unterscheidet man v i e r verschiedene Schichten und zwar wenn wir von dem Innern des Auges nach aussen gehen:

1) Eine mit ihren inneren freien Enden dem Glaskörper zugewandte Stäbchenschicht (Fig. 1 e, Fig. 2 b, Fig. 3 a, Fig. 7 a etc.).

2) Eine darauf nach aussen folgende Pigmentschicht (Fig. 1 f, Fig. 2 c, Fig. 3 b, Fig. 7 b etc.).

3) Eine Schicht langgestreckter wie die Stäbchen in radiärer Richtung zum Innern des Auges verlaufender kernhaltiger Cylinder oder Säulen und

4) Die Opticusfaserschicht.

Aus dieser eigenthümlichen Schichtenfolge der Retina erhellt zunächst, dass die Lagerung der Elementartheile im Vergleich mit derjenigen in der Retina der Wirbelthiere eine umgekehrte ist. Denn bei den Alciopiden ist die Stäbchenschicht nach innen dem Glaskörper und die Opticusfaserschicht nach aussen dem Gehirn zugewandt. Sodann ist die Pigmentschicht, die im Auge der Wirbelthiere als äussere Lage der Retina resp. der Stäbchenschicht zwischen dieser und der Chorioidea liegt, bei den Alciopiden mitten in die Retina zwischen Stäbchen- und kernhaltiger Säulenschicht eingeschoben. Endlich sehen wir bei dieser ersten Betrachtung, dass die Retina des Alciopiden-Auges bezüglich ihrer Formelemente in einem viel einfacheren Zustande sich befindet als die Retina des Wirbelthier-Auges.

Gehen wir jetzt zur genaueren Betrachtung dieser vier Schichten der Retina über.

### 1. Die Stäbchenschicht.

Nach innen ist dieselbe von einer feinen structurlosen Haut der Hyaloidea (Limitans interna) begrenzt, die den innern Enden der Stäbchen dicht anliegt und mit ihnen verwachsen zu sein scheint. (Taf. I. Fig. 2 a.) Diesen Eindruck erhält man namentlich bei Betrachtung der frischen Objekte, bei den mit verschiedenen Reagentien behandelten Präparaten löst sie sich indessen oft auf Strecken hinaus ab.

Die Stäbchen zeigen bei den von mir untersuchten Alciopiden zwei von einander verschiedene Formen, es sind entweder mehr oder minder lange dünne cylindrische Pallisaden (Fig, 2b, Fig. 3a, Fig. 4, 5, 6 und 7a etc.) oder an ihrem äusseren in der Pigmentschicht sitzenden Ende etwas dünnere und nach innen allmählich anschwellende Kolben (Tafel II. Fig. 13, 14, 15, 16.) Beide Arten der Stäbchen sind nicht bloss durch ihre äussere Gestalt, sondern auch in gewisser Hinsicht durch ihren Bau von einander verschieden. Bei jeder zeigen sich ausserdem Modificationen der äusseren Form je nach ihrer Lage im hintern und inneren oder im vordern und äusseren Abschnitt der Retina.

Was zunächst die cylindrischen Stäbchen oder Pallisaden betrifft, so ist die erste auffallende Erscheinung, die bei der genaueren Untersuchung zu Tage tritt, die, dass dieselben keine gleichmässig zusammengesetzten soliden Gebilde sind, sondern aus einer äussern festeren homogenen Wandung oder Rindenschicht und einer hiervon verschiedenen weicheren, mehr oder minder körnigen Innenschicht bestehen, mit anderen Worten, dass sie mit einem weichen Inhalt erfüllte cylindrische Röhren sind. Diese Thatsache lässt sich schon bei der Betrachtung der ganzen Stäbchen-Schicht an feinen Durchschnitten der Retina feststellen. Die Stäbchen tauchen mit ihrem äusseren Ende in die Pigmentschicht ein und nehmen aus der letzteren Körner in ihrem Innern auf (Fig. 2b, Fig. 7, 8 etc.). Bisweilen sind sie so dicht mit braunem oder röthlichem Pigment erfüllt, dass dadurch die ganze Stäbchenschicht gefärbt erscheint. Man sieht bei Untersuchung der einzelnen Stäbchen deutlich, dass das Pigment nicht etwa an der Aussenfläche, sondern in dem von äusseren ungefärbten Wandungen begrenzten Innern, wie in einem das Stäbchen durchziehenden Längskanale, liegt. In dem äusseren Ende sind die Pigmentkörner am dichtesten zusammengedrängt und oft allein hierauf beschränkt, während der übrige Theil des Stäbchens davon frei bleibt, in anderen Fällen ziehen sie, allmählich abnehmend, bis nahe an sein inneres **Ende am Glaskörper** hin (Fig. 2).

Noch deutlicher werden diese Verhältnisse an günstigen Querschnitten durch die Stäbchen. Nun tritt uns eine mehr oder minder kreisförmige, homogene und gleichmässig-dicke Rinde oder Wandung entgegen, die einen von ihr scharf abgegrenzten von Pigment oder ungefärbten Körnchen erfüllten Inhalt umschliesst (Fig 7 b A).

Die Wandungen dieser Stab- oder Pallisadenförmigen Röhren erscheinen im frischen Zustande ganz glatt und homogen und selbst mit den stärksten Vergrösserungen konnte ich keine anderweitigen Structur-Verhältnisse an ihnen wahrnehmen. (Fig. 4 und Fig. 7a.) Nach Behandlung mit verschiedenen Reagentien (Chromsäure, Osmiumsäure, Alkohol etc.) tritt indessen meistentheils auf der ganzen Länge des Stäbchens eine deutliche Querstreifung auf (Fig. 5.) Allein dieselbe beschränkt sich, wie ich ausdrücklich hervorhebe, lediglich auf die äussere Wandung der Pallisade d. h. auf die Röhre. Der Inhalt wird von dieser Querstreifung nicht berührt. Die Querstreifen hören vielmehr, wie uns die Einstellung des Mikroskopes auf den optischen Längsschnitt des Stäbchens lehrt, an der scharf abgegrenzten Innenfläche der Wandung auf. (Fig. 6.)

Schwieriger ist über die elementare Beschaffenheit des Inhaltes der Röhren-Stäbchen Sicherheit zu erlangen. Da das Pigment als häufiger Inhaltstheil, wie oben ausgeführt worden ist, mit Leichtigkeit in den Stäbchen nachgewiesen werden kann, dieses aber für den weiteren Einblick störend ist, so wählt man für die genauere Untersuchung am Besten diejenigen Stäbchen oder Theile derselben, die vollkommen pigmentfrei sind. An frischen in Seewasser untersuchten Objecten derart sieht man im Innern eine klare mit feinen Körnchen durchsetzte Substanz, die oft eine feine fibrilläre Längsstreifung zeigt und bei Druck hin und wieder aus den durchschnittenen Enden der Stäbe tropfenweise hervorquillt. Aber schon in diesen frischen Stäbchen tritt zuweilen mit Deutlichkeit ein in der Längsrichtung durch die Innensubstanz verlaufender Hauptfaden hervor. Nach Behandlung mit Essigsäure, Chromsäure, Osmium etc. gerinnt der Inhalt und wird dunkler und nun sieht man auch, namentlich nachdem das Präparat durch Glycerin wieder aufgehellt ist, den ziemlich ansehnlichen Axenfaden im Innern deutlicher (Fg. 4, 6, 7).

Untersucht man die oben bezüglich der allgemeinen Zusammensetzung der Stäbchen betrachteten Querschnitte, so sieht man an günstig gelegenen Objekten fast constant in der Innensubstanz neben einigen kleinern ein mehr oder minder glänzendes grösseres Körnchen, das man wohl im Zusammenhalt mit den eben angeführten Beobachtungen als den Querschnitt des durchschnittenen Fadens betrachten darf. Mit noch grösserer Sicherheit habe ich in den gleich zu beschreibenden breiteren kolbenförmigen Stäbchen den Axenfaden gesehen.

Das innere dem Glaskörper zugewendete Ende der Retina-Pallisaden erscheint zuweilen als ein besonderes epiphysenartiges Glied denselben angefügt. Man findet bei genauer Untersuchung in der That dieses Ende durch eine seichte Einschnürung abgesetzt. Auch tritt dasselbe wohl durch eine leichte Anschwellung oder gelbe Farbe gewissermassen als Köpfchen hervor (Fig. 2). Die Pigmentkörner der Pigmentschicht, die wie oben erwähnt, den Längskanal des Stäbchens reichlich erfüllen, dringen in der Regel nicht bis in dieses Köpfchen vor, sondern hören an der Grenze desselben auf, als ob der Längskanal hier endigte. Eine durch die ganze Breite des Stäbchens gehende Abgrenzung oder gar vollständige Trennung dieses Stückes habe ich nicht beobachtet.

Verfolgt man die Stäbchen nach vorne und aussen gegen die Iris zu, so sieht man, wie schon früher bemerkt, dass sie allmählich kürzer und spärlicher werden. Zugleicherzeit aber breiten sich die inneren Enden zu breiten scheibenförmigen, häufig gegen den Glaskörper etwas vertieften Köpfchen aus, die sich mit ihren Rändern noch berühren, während die nach aussen ihnen ansitzenden Stäbchen bereits weite Zwischenräume zwischen sich lassen (Tafel II. Fig. 8). Durch diese flächenartige Ausbreitung der innern Enden wird noch eine ununterbrochene dem Glaskörper zugewendete Stäbchenschicht hergestellt. Schliesslich verschwinden, wie es scheint, die eigentlichen Stäbchen d. h. Aussenglieder vollständig, während die Köpfchen als mehr oder minder breite aneinander stossende Platten oder Scheiben übrig bleiben.

Es ist augenscheinlich, dass diese scheibenartig ausgebreiteten Köpfchen den oben beschriebenen kleineren äusseren Endstücken an den Stäbchen des hinteren und inneren Retinaabschnittes entsprechen. Aber auch diese Scheiben und Platten konnte ich nicht als von dem übrigen Theil des Stäbchens getrennte besondere Endglieder erkennen.

Die oben beschriebenen pallisadenförmigen Stäbchen finden sich, soweit meine Untersuchungen reichen, bei Alciope Cantrainii Clap., A. cirrata nov. spec., Asterope candida Clap., Vanadis ornata nov. spec., V. crystallina nov. spec., V. pelagica nov. spec., ferner Callizona Grubei n. sp., C. longipes n. sp., C. nasuta n sp. und endlich Rynchonerella capitata n. sp.

Eine etwas andere Gestalt und bezüglich der äusseren Wandung auch anderen Bau als die Pallisaden haben die oben als Kolben bezeichneten Retina-Stäbchen. Sie treten mit ihrem äusseren Ende ziemlich eng aus der Pigmentschicht hervor, werden dann allmählich breiter und sind an ihrem innern dem Glaskörper zugewandten Ende oft kolbenförmig angeschwollen (Tafel II. Fig. 13, 14, 15, 16.). Aber auch bei ihnen kann man bald constatiren, dass sie aus einer verschiedenartigen Rinden- und Axen-Schicht bestehen, mit anderen Worten, dass sie wie die Pallisaden röhrenförmige Gebilde sind. Bei Querschnitten durch die Kolben finden wir in dem äusseren engen Ende noch einen kreisförmigen von gleich dicken Wandungen umschlossenen Innenraum, nach der Mitte zu und am inneren Ende erhalten wir ein ganz anderes Bild. Wir sehen zwei Halbringe, die mit ihrer Concavität gegen einander gerichtet und beiderseits nur durch eine dünne Haut verbunden sind (Fig. 13 a, Fig. 17.). Zuweilen treten die beiden Halbringe etwas weiter auseinander, verschieben sich oder die dünne Verbindungshaut wird vielleicht gelöst und dann stehen die beiden halbmondförmigen Gebilde scheinbar unvermittelt einander gegenüber, so dass ich anfangs zu glauben versucht war, die Kolben seien nur an ihrem äusseren röhrenförmigen Ende mit einander verbunden und beständen im Uebrigen aus zwei Lamellen, die nach innen gewissermassen wie eine Pincette mit concaven Innenflächen den Stäbchen-Inhalt umfassten,

Die Wandungen der Kolben zeigen wie die der Pallisaden an Weingeist-Präparaten eine Querstreifung. Ebenso verhält sich der Inhalt der Kolben vollkommen ähnlich demjenigen der Pallisaden. Er scheint aus Protoplasma zu bestehen mit einer mehr oder minder deutlich hervortretenden fibrillären Längsstreifung. In der Längsaxe verläuft, wie man an den Kolben noch viel häufiger und leichter sieht als in den Pallisaden ein centraler Faden. Auch an den oben beschriebenen Querschnitten erscheint derselbe neben den kleinern als ein grösseres Körnchen.

### 2. Die Pigmentschicht.

Die auf die Stäbchen nach aussen folgende Pigmentschicht besteht aus kleinen Ballen oder Klümpchen eines rothbraunen bis rothgelben körnigen Pigmentes. (Fig. 1 f, 2 c, 3 b, 7 b, etc.). In diese Pigmentkörper tauchen die Stäbchen mit ihrem äusseren verengten Ende ein. Jeder Körper entspricht einem Stäbchen. In dem hinteren und inneren Abschnitt des Auges stehen desshalb, den Stäbchen entsprechend, auch die Pigmentkörper sehr dicht und mosaikartig neben einander, nach vorne und aussen rücken sie mit dem Seltnerwerden der Stäbchen mehr auseinander. Zugleicherzeit werden sie grösser, indem anfänglich nur einzelne grössere Pigmentkörper zwischen den kleineren auftreten, bis sie schliesslich in die grossen Pigmentplatten der Iris übergehen. Es fragt sich, ob man diese Pigmentschicht als eine besondere Zellschicht und die Pigmentkörper als Pigmentzellen auffassen darf. Die dicht aneinander gelagerten kleinen Pigmentkörper des inneren und hinteren Abschnittes der Netzhaut lassen in ihrem Innern einen Kern nicht erkennen.

Der aus ihnen zuweilen hervorleuchtende meist sehr kleine helle Fleck ist entschieden kein Kern, sondern entspricht der Eintrittsstelle des äusseren Stäbchen-Endes und der Verbindung desselben mit der folgenden kernhaltigen Säulenschicht. Auch in dem leicht gelblich gefärbten Zwischenstroma, das besonders da, wo die Pigmentkörper weiter auseinander treten, reichlicher vorliegt, lassen sich keine Gebilde erkennen, die man als Zellkerne deuten könnte. Die grösseren Pigmentkörper des mehr nach vorne gelegenen Abschnittes der Netzhaut sind oft schärfer umgrenzt oder es treten aus ihrem Inneren mehr oder minder scharf umschriebene Körper hervor. Aber hier rücken die Kerne der nachfolgenden Säulenschicht so nahe an und in die Pigmentschicht, während zugleicherzeit die Stäbchen zu kleinen flachen Scheiben werden oder ganz verschwinden, dass hier die drei sonst getrennten Schichten fast zu einer einzigen verschmolzen zu sein scheinen. Ich vermag desshalb vor der Hand die Pigmentschicht nicht als eine eigne Zellschicht anzusehen, volle Gewissheit hierüber wird natürlich nur das genaue Studium der Entwicklung der Netzhaut des Alciopiden-Auges geben können.

### 3. Die kernhaltige Säulenschicht.

Auf die Pigmentschicht folgt nach aussen eine Schicht von anscheinend langgestreckten Fasern, die in ihrem äusseren, zuweilen auch schon in dem mittleren Abschnitt verhältnissmässig grosse ovale Kerne enthält (Fig. 1 g, 2 d). An den Durchschnitten der Retina scheinen diese Fasern in der Regel als breite neben einander laufende Bänder von den Pigmentkörpern auszutreten, bald indessen kreuzen sie sich und bilden ein Fasergeflecht, in welchem die Kerne zahlreich eingestreut liegen. (Fig. 1 g, Fig. 2 d, e,) Gelingt es aber, die Fasern zu isoliren, oder feine Schnitte, die der Längsrichtung folgen, herzustellen, so sieht man statt des Geflechtes einfache langgestreckte Bänder, von denen jedes, meistens in seinem äusseren der Opticusfaserschicht zu gelegenen Theil, einen Kern enthält (Fig. 3 c, 7 c, d.) Man kann deshalb diese Schicht zunächst als eine Zellschicht bezeichnen.

Untersucht man eine Reihe günstiger Durchschnitte, die diese Zellenschicht von der reinen Längsrichtung bis zum Querschnitt treffen, wie ich sie auf Tafel II. Fig. 9, 10, 11 u. 12 dargestellt habe, so überzeugt man sich zunächst noch sicherer, dass die Zellen gestreckt neben einander verlaufen und kein Geflecht bilden und dass die Kreuzungsbilder ihrer Linien bloss dadurch entstehen, dass der Schnitt nicht der Längsrichtung folgt, sondern mehr oder minder schief durch die Zellschicht geht. Ferner aber erkennt man die für den ganzen Bau und die Bedeutung dieser Schicht sehr wichtige Thatsache, dass die anscheinend bandartigen Faserzellen langgestreckte polygonale Cylinder oder Säulen sind, von denen jede einen Kern enthält. Bei dem reinen Querschnitt nämlich erscheint ein mehr oder minder regelmässiges Mosaik von wabenartig aneinander stossenden polygonalen Feldern (Fig. 12), die bald, je nach dem der Schnitt mehr den innern der Pigmentschicht zu gelegenen oder mehr den äusseren Theil der Zellschicht getroffen, ohne Kern sind (Fig. 12 A), bald einen solchen in sich einschliessen (Fig. 12 B u. C). Der Letztere ist nun aber nicht mehr länglich-oval, sondern, da wir ihn im Querdurchmesser sehen, rundlich (Fig. 12 B u. C). Betrachtet man dann die zwischen diesem Querschnitt und dem Längsschnitt liegenden und von dem einen zum andern überführenden diagonalen Schnitte, so sieht man wie die einfachen Längsbänder in langgestreckte spindelförmige Felder übergehen (Fig. 10), dann in kürzere (Fig. 11) und schliesslich in die eben beschriebene Wabenform (Fig. 12). Es erhellt hieraus aufs unzweifelhafteste, dass die ganze in Rede stehende Schicht aus langgestreckten kernhaltigen Zellen besteht, die in Form von polygonalen Säulen dicht bei einanderstehen. Man kann diese Schicht deshalb wohl die kernhaltige Säulenschicht der Retina nennen. Durch die Untersuchung der oben vorgeführten Durchschnitte sowie durch Maceration und Isolirung der Retinaelemente kann man fernerhin constatiren, dass jede Säule von einer besonderen Membran umschlossen ist und dass ferner Jede einem Pigmentkörper und einem Stäbchen entspricht, sowie

ferner, dass alle drei Theile innig mit einander zusammen-
hängen. (Fig. 3, 7, 8, 13 etc.)

Der Inhalt der kernhaltigen Säulen besteht aus körnigem
Protoplasma (Fig. 7 C und 7 A u. B, Fig. 12 C, Fig. 13.). Die
Körnchen zeigen zuweilen mit grösserer oder geringerer Deutlichkeit eine in der Längsrichtung verlaufende fibrilläre Anord-
nung. Der Kern ist länglich oval, scharf conturirt und lässt
meistens ein kleines glänzendes Kernkörperchen im Innern erkennen (Fig. 7 d, 7 C, Fig. 12 B, 12 C, Fig. 13 etc.). Bei einigen
Alciopiden z. B. bei Nauphanta celox Greeff ist der äussere den
Kern enthaltende Theil der Säule mit einer viel dunkel- und
grob-körnigeren Substanz erfüllt als der mittlere und innere
Theil (Fig. 13.). Bei Durchschnitten durch die ganze Retina
tritt daher dieser äussere Theil der Säulenschicht zuweilen als
eine besondere dunkelgranulirte Schicht hervor.

Es bleibt nun noch ein wichtiger Punkt zu erörtern übrig,
nämlich in welchem Zusammenhang die kernhaltigen
Säulen mit den Stäbchen, namentlich mit den in
ihrem Axenkanal verlaufenden Nervenfaden stehen.
Schon an den oben erwähnten feinen Durchschnitten der Retina
erkennt man, dass die kernhaltige Säule an ihrem inneren Ende
verjüngt in den Pigmentkörper eindringt und durch diesen mit
dem Stäbchen verbunden wird. An Zerzupfungs-Präparaten sieht
man ferner nicht selten dem inneren Ende der von dem Stäbchen losgerissnen Säule einen Faden anhängen, während
ein solcher auch oft aus dem äusseren Ende des aus seinem
Zusammenhang gelösten Stäbchens hervortritt. Es erscheint
hiernach in Verbindung mit den oben erörterten Verhältnissen
die Annahme berechtigt, dass von dem inneren etwas zugespitzten
Ende der kernhaltigen Säule ein Faden ausgeht,
der in das Stäbchen eindringt und in dessen Axenkanal verläuft.

### 4. Die Opticusfaserschicht.

An die kernhaltige Säulenschicht schliesst sich nach aussen
direkt die Opticusfaserschicht (Fig. 1 h, Fig. 2 f, Fig. 9, 10,
11 etc.). Schon an günstigen, sehr feinen Durchschnitten, noch

mehr an Zerzupfungs-Präparaten überzeugt man sich, dass wie
das innere so auch das äussere Ende der Säule sich zu-
spitzt und mit einem Faden in Verbindung steht,
der zweifellos aus der Opticusfaserschicht hervorgeht (Fig. 7e, Fig. 9, 10, 11, 13). An einigen Präparaten sieht
man ausser dem einen zwei oder drei Fäden anhängen. In den
meisten Fällen indessen, in denen die vollkommene Isolirung der
Säulen gelingt, tritt nur ein Faden aus dem Ende hervor. Wir
dürfen somit auch hier wohl mit Sicherheit annehmen, dass die
Nervenfasern der Opticusschicht direkt in die kernhaltige Säulenschicht übergehen und zwar dass wahrscheinlich je eine Faser mit einer Säule in Verbindung tritt.

Ueberblicken wir noch einmal kurz die beschriebenen vier
Schichten der Retina die Stäbchen-Pigment-Säulen- und Faser-
Schicht, so können wir vor Allem einen vollkommenen Zusammenhang der wesentlichsten Theile, nämlich der
Nervenelemente constatiren. Durch alle hindurch geht
eine direkt mit dem Gehirn zusammenhängende continuirliche
Nervenaxe, deren inneres Ende der centrale Nervenfaden
des Stäbchens, deren äusseres Ende die Faser des Opticus bildet.
Zwischen Beiden und sie verknüpfend liegt die kernhaltige Säule
gewissermassen eine langgestreckte bipolare Gang-
lienzelle bildend, die an dem einen Pol mit der Opticusnervenfaser beginnt und aus ihr hervorgeht und mit dem anderen
an und mit dem Axenfaden des Stäbchens endigt. Wir können
somit wohl mit einiger Berechtigung diese Zelle d. h. die kernhaltige Säule als eine wirkliche Sehzelle bezeichnen, welche
zunächst mit dem von ihr ausgehenden Stäbchenfaden den Licht-
reiz empfängt und ihn der Opticusnervenfaser und durch diese
dem Gehirn zuführt.‡

Es drängt sich nun noch die Frage auf, in welchem Verhältniss
hierzu der Pigmentkörper und das den Nervenfaden aufnehmende
Stäbchen steht. Wir haben oben schon hervorgehoben, dass wir der
Pigmentschicht die Bedeutung einer besonderen Zellschicht vor der
Hand nicht zuerkennen können. Dasselbe gilt von dem Stäbchen ab-
züglich der von demselben umschlossnen Nervensubstanz. Das

Erstere erscheint nach unserer Auffassung gewissermassen **nur** als die Scheide, der Stützapparat, der den Nervenfaden und die ihn umhüllende körnig-fibrilläre Substanz aufrecht und in radiärer Richtung dem Innern des Auges und dem Lichte zugewandt erhält. Ich bin desshalb geneigt, die **ganze Retina des Alciopiden-Auges, die Stäbchen-Pigment- und kernhaltige Säulen-Schicht als eine einzige Zellschicht** d. h. als aus einer einigen Zellschicht hervorgewachsen anzusehen. Indessen tritt die Entwicklungsgeschichte hier in ihr volles Recht und ihrer genauen Erforschung muss die Beantwortung der Frage, ob an der Bildung der Pigmentschicht und des Röhrentheils der Stäbchenschicht noch andere zellige Elemente sich betheiligen, vorbehalten bleiben.

---

Schliesslich will ich noch kurz die in meiner ausführlichen Arbeit über die Alciopiden behandelten Gattungen und Arten mittheilen; das hierbei befolgte System knüpft mit einigen Erweitrungen zunächst an die von Claparède*) für die Classification der Alciopiden aufgestellten Gesichtspunkte an. Ich werde dabei die sämmtlichen bisher beobachteten Formen, soweit mir die Angaben darüber bekannt geworden sind, aufführen bemerke indessen, dass manche derselben wegen ungenügender Diagnose schwer oder nicht zu bestimmen sind und daher durch etwaige genauere Untersuchung der massgebenden Charaktere bezüglich der Gattung einen anderen Platz erhalten können als ihnen hier zuertheilt worden ist.

Die von mir genauer untersuchten, namentlich die neuen Gattungen und Arten werden in der erwähnten grösseren Arbeit ausführlicher beschrieben werden.

---

*) Les Annelides chetop. d. golfe de Naples   Suppl. p. 103.

### 1. Gattung: **Alciopa** Aud. et M. Edw.

(Ann. d. sc. nat. 1833 T. 29 p. 236.)

Kopflappen nicht über die Augen hervorragend; Rüssel ohne Zähnchen; Cirrenförmiger Anhang am äusseren Ende des Ruders fehlt; Borsten einfach.

A. Cantrainii (Delle Chiaje) Claparède (Les annelides chet. d. Golfe d. Napl. Suppl. p. 105 Pl. X. Fig. 2).

A. lepidota Krohn (Archiv f. Naturg. 1845 S. 175 Taf. VI. Fig. 10—13.

A. atlantica Kinberg.  
A. (?) splendida id.    (Oefversigt af Kongl. vet. ak. Foer-  
A. (?) pacifica    id.    handl. 1865. Stockh. 1866 S. 243.

A. cirrata Greeff (canarische Inseln).

### 2. Gattung: **Halodora** Greeff.

Kopflappen nicht über die Augen hervorragend; Rüssel ohne Zähnchen; cirrenförmiger Anhang am äusseren Ende des Ruders fehlt. Borsten zusammengesetzt.

H. Reynaudii (Aud. et M. Edw.) Greeff. (Ann. d. sc. nat. T. 29 p. 236 Pl. XV. F. 6—11.)

### 3. Gattung: **Asterope** Claparède.

(Les ann. chet. d. Golfe d. Napl. Suppl. p. 107.)

Kopflappen nicht über die Augen hervorragend; Rüssel mit Zähnchen bewaffnet; cirrenförmiger Anhang am äusseren Ende des Ruders fehlt; Borsten zusammengesetzt.

A. candida (Delle Chiaje) Claparède. (op. cit. p. 108 Pl. X. Fig. 1.)

## 4. Gattung: **Vanadis** Claparède.

(op. cit. p. 116.)

Kopflappen nicht über die Augen hervorragend; Rüssel ohne Zähnchen; ein cirrenförmiger Anhang am äusseren Ende des Ruders; Borsten zusammengesetzt.

V. formosa Clap. (op. cit. p. 116 Pl. X Fig. 3.)
V. ornata Greeff. (Canarische Inseln.)
V. crystallina Greeff. } (Golf von Neapel.)
V. pelagica Greeff. }

## 5. Gattung: **Nauphanta** Greeff.

Kopflappen nicht über die Augen hervorragend; Rüssel ohne Zähnchen; zwei cirrenförmige Anhänge am äusseren Ende des Ruders; Borsten zusammengesetzt.

N. celox Greeff (Mus. Godeffroy in Hamburg).*)

## 6. Gattang: **Callizona** Greeff.

Kopflappen in ansehnlicher Höhe über die Augen hervorragend; Rüssel ohne Zähnchen: ein cirrenförmiger Anhang am äusseren Ende des Ruders. Borsten zusammengesetzt.

C. cincinnata Greeff. } (Küste der canarischen Inseln.)
C. nasuta Greeff. }
C. Grubei Greeff. (Mus. Godef. in Hamburg.)

---

*) In dem Catalog V. des Mus. Godeffroy (Febr. 1874) findet sich S. 84 Alciope violacea Gr. aufgeführt Unter dieser Bezeichnung und mit der genaueren Mittheilung, dass die Bestimmung seitens des Mus. Godeffroy erfolgt und von Herrn Prof. Grube bestätigt worden sei, sowie mit der Angabe, dass die Thiere im atlantischen Ocean auf dem 40. Grad südl. Breite gefangen worden seien, ist mir sowohl Nauphanta celox als auch gleichzeitig mit dieser in einem Glase die durchaus verschiedene von mir Callizona Grubei genannte Alciopide übersandt worden. Ich vermag desshalb nicht zu bestimmen, auf welche dieser beiden Formen sich der Name „Alciope violacea" bezieht.

## 7. Gattung: **Rhynchonerella** A. Costa.

(Annuario del Mus. zoolog. d. reale università d. Napoli II. p. 168.)

Kopflappen in ansehnlicher Höhe über die Augen hervorragend; Rüssel ohne Zähnchen; Cirrenförmiger Anhang am äusseren Ende des Ruders fehlt; Borsten zusammengesetzt.

R. gracilis A. Costa (op. cit. p. 168 tav. IX. Fig. 13—15.)
R. Angelini (Kinberg) Greeff. ⎰ (Öfvers. af Kongl. vet. ak.
R. Aurorae (Kinberg) Greeff. ⎱    Förh. 1865 S. 243.)
R. capitata Greeff.  (Canarische Inseln.)

---

Die hier kurz mitgetheilten Beobachtungen sind einer ausführlichen demnächst zu veröffentlichenden Arbeit über die Anneliden-Familie der Alciopiden entnommen, die ich bereits vor einigen Jahren während eines Aufenthaltes auf den canarischen Inseln begonnen, im Herbste des vorigen Jahres (1874) in der zoologischen Station in Neapel und schliesslich durch einige von dort und aus dem Museum Godeffroy in Hamburg erhaltene Formen vervollständigt habe.

# Erklärung der Abbildungen

auf

**Tafel I. u. II., Figur 1 bis 17.**

---

## Tafel I.

Fig. 1. Horizontal-Durchschnitt des ganzen Auges von **Nauphanta celox** Greeff bei ca. 60facher Vergrösserung.
a) Erste Augenhaut (Körperhaut); b) zweite Augenhaut (Hornhaut); c) Linse mit Linsenkapsel und äusserer und innerer Schicht; d) kernhaltiger oft netzförmiger durchbrochner die Linse umgebender und sie befestigender Ring (corpus ciliare?); e) Stäbchenschicht der Retina mit der sie vom Glaskörper trennenden Hyaloidea; f) Pigmentschicht der Retina; g) kernhaltige Säulenschicht; h) Kerne der Säulenschicht; i) Opticusfaserschicht; k) Sehnerven-Ausbreitung. An der Eintrittsstelle des Sehnervenhügels ins Auge ist die Retina beträchtlich verdünnt, d. h. kernhaltige Säulen und Stäbchen sind verkürzt aber überall noch deutlich vorhanden.

Fig. 2—7 incl. betreffen die Retina von Callizona Grubei Greeff.

Fig. 2. Querschnitt durch die ganze Retina bei ca. 400facher Vergrösserung; a) Hyaloidea (membrana limitans interna) b) Pallisadenförmige Stäbchen an ihrem inneren dem Glaskörper zu gelegenen Ende epiphysenartig abgegrenzt. Die Stäbchen sind in ihrem Innern mit rothbraunem Pigment erfüllt; c) Pigmentschicht; d) kernhaltige Säulenschicht; e) die Kerne derselben; f) die Opticusfaserschicht; g) Sclerotica (membrana limitans externa); h) äussere Haut.

Fig. 3. Ein sehr dünner Querschnitt senkrecht auf die Oberfläche der Retina, der gleichmässig dem Verlauf der Stäbchen und der zu ihnen gehörigen kernhaltigen Säulen folgt. Man sieht deutlich wie ein jedes Stäbchen einer langgestreckten Zelle, der kernhaltigen Säule entspricht. Zwischen beiden liegt die Pigmentschicht. Die Säulen stehen an ihrem äusseren dem Gehirn zugewandten Ende direkt mit den Opticusfasern in Verbindung.

Fig. 4. Stäbchen ohne Pigment bei starker (ca. tausendfacher) Vergrösserung. Im Innern sieht man den centralen Nervenfaden umhüllt von feinkörnigem Protoplasma, das eine fibrilläre Längsstreifung zeigt.

Fig. 5. Stäbchen nach Behandlung mit Reagentien (Osmium-Chrom-Säure) von der Oberfläche gesehen. Das ganze Stäbchen ist quergestreift.

Fig. 6. Dasselbe im optischen Längsschnitt. Man erkennt, dass die Querstreifung sich nur auf die äussere Wandung erstreckt, während der Inhalt körnig und längsgestreift ist und deutlich den centralen Nervenfaden zeigt.

Fig. 7. Stäbchen mit dem zugehörigen Pigmentkörper, der kernhaltigen Säule und der Opticusnervenfaser isolirt — die Sehzelle —. a) Stäbchen mit Axenfaden; b) Pigmentkörper; c) Stäbchensäule; d) Kern derselben; e) Opticusfaser.

Fig. 7 A. Querschnitt des Stäbchens, 7 B. der Säule zwischen Pigment und Kern, 7 C. der Säule mit Kern.

## Tafel II.

Fig. 8—12 incl. betreffen die Retina von Callizona Grubei.

Fig. 8. Querschnitt aus dem vorderen und äusseren der Iris zu gelegenen Theil der Retina. Die Stäbchen sind spärlicher und treten auseinander, bilden aber an ihrem inneren dem Glaskörper zugewandten Ende, Scheiben- oder Tellerförmige Köpfchen, deren Ränder sich berühren. Die Stäbchen werden allmählig kleiner und bilden einfache Platten, ebenso die kernhaltigen Säulen. Beide treten schliesslich mit dem Pigment scheinbar zu einer Zellschicht zusammen.

Fig. 9—12 A, B, C, stellt die kernhaltige Säulenschicht vom reinen Längenschnitte bis zum reinen Querschnitt dar. Es erhellt daraus, dass diese Schicht aus langgestreckten polygonalen Säulen besteht, dass jede Säule einen Kern

enthält, also eine Zelle repräsentirt, ferner dass die netz-
artigen Kreuzungen der Zelllinien die Folge der mehr oder
minder diagonalen oder queren Richtung des Schnittes durch
die Säulenschicht sind, während bei dem reinen Längen-
schnitt die Zelllinien mehr ode.· minder parallel nebeneinander verlaufen.

Fig. 9 stellt den reinen Längsschnitt der kernhaltigen Säulenschicht dar.

Fig. 10 und 11 diagonale Durchschnitte.

Fig. 12 reine Querschnitte. Man sieht die Querschnitte der
Säulen als polygonale Felder in Wabenform nebeneinander
liegen. 12 A Querschnitt durch den inneren der Pigmentschicht zu gelegenen Abschnitt, 12 B durch den äusseren kernhaltigen Abschnitt. 12 C ein solcher bei stärkerer Vergrösserung.

Fig. 13. Isolirte Sehzelle mit Stäbchen und Pigment von
Nauphanta celox Greeff. 13 A Querschnitt durch das Stäbchen, man sieht die beiden halbmondförmig gegeneinander
gerichteten Theile der verdickten Wandungen; 13 B
und C Querschnitte durch die Säule. d) Stäbchen mit
seinem centralen Nervenfaden und dem ihn umhüllenden
körnig-fibrillären Protoplasma.

Fig. 14. Stäbchen von Nauphanta celox von der Oberfläche
gesehen. Die beiden Hälften der verdickten Wandungen
liegen, da sie nur von einer dünnen Membran zusammen-
gehalten werden, anscheinend wie zwei Lamellen (Pincette)
gegeneinander.

Fig. 15 a b. Stäbchen aus dem vordern und äusseren Abschnitt der
Retina von Nauphanta celox, sie sind kürzer und breiter
namentlich an ihrem freien dem Glaskörper zugewandten
Ende (Kolben).

Fig. 16. Noch breiteres und mehr kolbenförmiges Stäbchen.

Fig. 17. Querschnitte durch verschiedene Formen der Stäbchen
von Nauphanta celox.

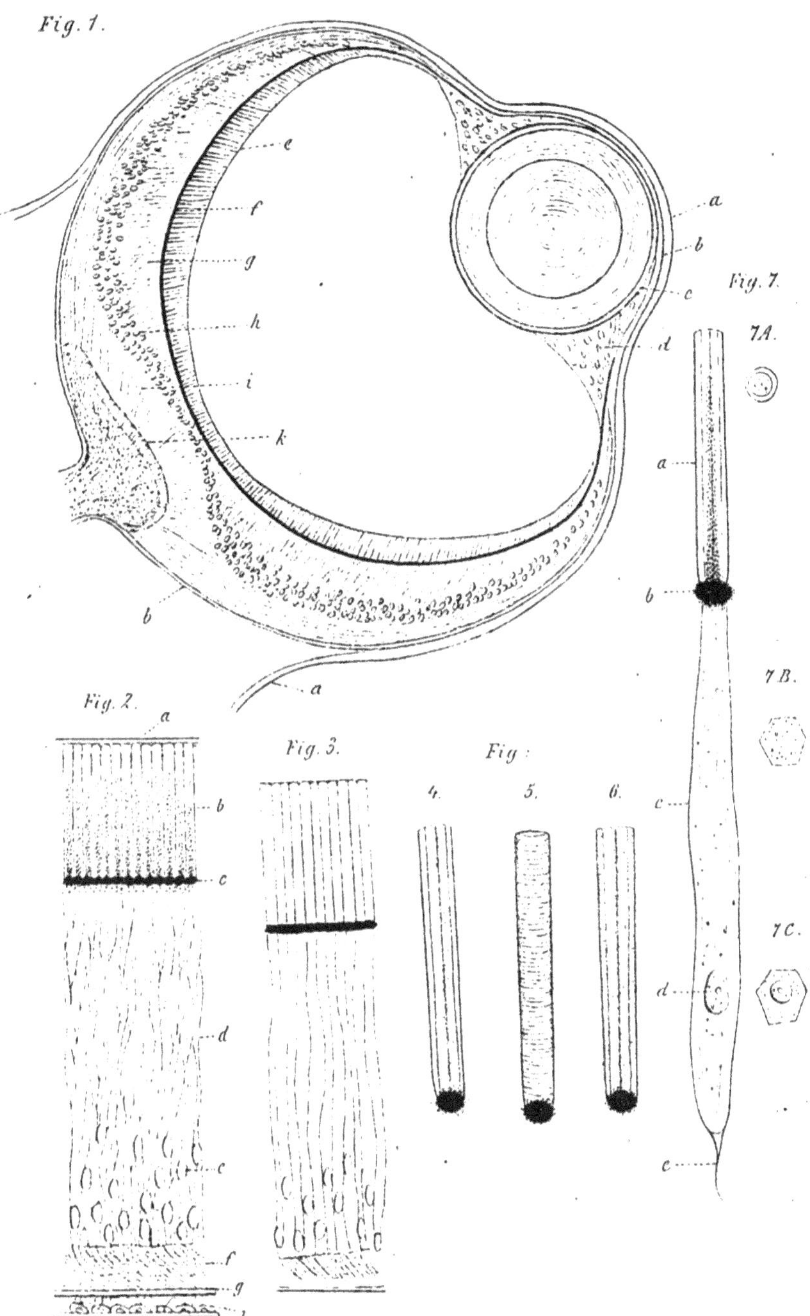

Taf. I.
Fig. 1.
e
f
g
h
i
k
b
a
a
b
c
d
Fig. 7.
7A.
a
b
7B.
c
7C.
d
e
Fig. 2.
a
b
c
d
e
f
g
h
Fig. 3.
Fig.
4.
5.
6.
R. Greeff, del.
Lith. Anst. v. J. G. Bach, Leipzig

Taf. II.

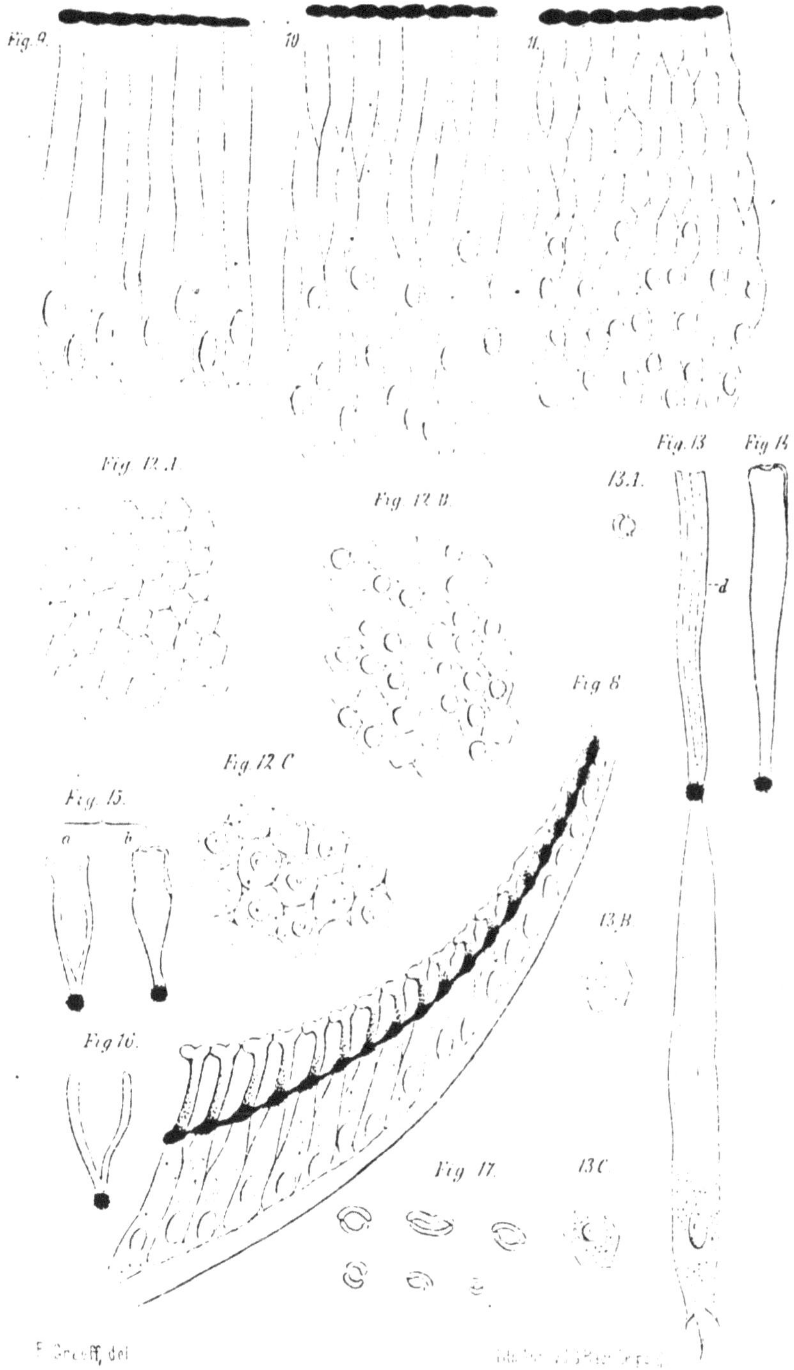

Fig. 9.

10.

11.

Fig. 12. A.

Fig. 12 B.

Fig. 12 C.

Fig. 13.

13. 1.

Fig. 14.

d

Fig. 8.

13. B.

Fig. 15.

a    b

Fig. 16.

Fig. 17.

13. C.

F. Graeff, del.